Leona Leon

Das Wunder der Feiertage

story.one – Life is a story

 story.one

1st edition 2023
© Leona Leon

Production, design and conception:
story.one publishing - www.story.one
A brand of Storylution GmbH

All rights reserved, in particular that of public performance, transmission by radio and television and translation, including individual parts. No part of this work may be reproduced in any form (by photography, microfilm or other processes) or processed, duplicated or distributed using electronic systems without the written permission of the copyright holder. Despite careful editing, all information in this work is provided without guarantee. Any liability on the part of the authors or editors and the publisher is excluded.

Font set from Minion Pro, Lato and Merriweather.

© Cover photo: Photo by Alexander Grey on Unsplash

ISBN: 978-3-7108-5647-1

*Oh Glück und Zauber und ohne Plag,
ja das ist ein Feiertag.
Voll Freiheit, Tradition und mehr,
er kommt über alle Länder her.
Lasst euch auf sein Wunder ein,
was könnt schöner als ein Feiertag sein.*

INHALT

Wanka: Kapitel 1	9
Wanka: Kapitel 2	13
Wanka: Kapitel 3	17
Wanka: Kapitel 4	21
Wanka: Kapitel 5	25
Wanka: Kapitel 6	29
Weya: Kapitel 7	33
Weya: Kapitel 8	37
Weya: Kapitel 9	41
Weya: Kapitel 10	45
Weya: Kapitel 11	49
Weya: Kapitel 12	53
Epilog	57

Wanka: lockiges, weißes Haar, rötliche Augen, bleiche Haut (Albinismus)

Hendrik: karamellblonde Topffrisur, hellblaue Augen, Sommersprossen auf der Stirn

Wanka: Kapitel 1

Ostern ist für Wanka der schönste Feiertag im Jahr. Das war schon als Kind der Fall. Eines Ostertages ist der kleine Wanka bei seinen Verwandten auf dem Lande. Während er mit seiner Cousine im Garten die Geschenke sucht, findet er eines von ihnen in einer Art Tunnel unter dem Zaun zu den Nachbarn. Er greift danach, doch von der anderen Seite greift eine zweite Hand nach dem Geschenk. Diese gehört dem Jungen Hendrik. Dieser denkt, dass das Geschenk für ihn wäre und die beiden streiten sich, bis Hendrik einsieht, dass es Wankas Geschenk und nicht seines ist. Die zwei reden über den Zaun miteinander und freunden sich geschwind an. Da Hendrik an Ostern allein mit einem Babysitter ist, weil seine alleinerziehende Mutter arbeiten muss, lädt Wanka ihn ein, mit ihm, seinen Eltern, seinem Onkel, seiner Tante und seiner Cousine zu feiern. Als Hendrik nach nebenan kommt, stellt Wanka ihn den anderen als seinen neuen besten Freund vor und er meint es auch so. Seit diesem Tag sind Wanka und Hendrik unzertrennlich. Wanka verbringt

Ostern fortan immer bei seinen Verwandten auf dem Land, einzig um Hendrik zu sehen. Die restliche Zeit des Jahres lebt er mit seinen Eltern in der Großstadt. Als Hendrik irgendwann ein Handy geschenkt bekommt, können die beiden auch miteinander telefonieren, allerdings nur selten, weil Hendriks Mutter diesbezüglich strenge Regeln hat, vom schlechten Dorfempfang ganz zu schweigen. So geht das mehrere Jahre lang und in dieser Zeit hat Wanka sich in seinen besten Freund Hendrik verliebt, was dieser aber nicht weiß. Wanka ist überzeugt, dass Hendrik nicht dasselbe für ihn empfindet, da er ja heterosexuell ist und nicht homosexuell so wie Wanka. Um ihre Freundschaft nicht zu gefährden, unterdrückt er seine Gefühle wann immer sie sich sehen.

Inzwischen ist Wanka bereits erwachsen und lebt zusammen mit einer Freundin namens Weya in einer WG. Er studiert und arbeitet nebenbei als Barkeeper in einem Club für Homosexuelle. Es steht wieder einmal Ostern an und Wanka fährt einen Tag vorher zu seinen Verwandten ins Dorf. Inzwischen wohnen dort nicht nur sein Onkel, seine Tante und seine Cousine, sondern auch seine Nichte, da seine Cousine eine ungewollte Teenagerschwangerschaft hatte und jetzt alleinerziehende Mutter ist. Kaum kommt Wanka an, sucht er gleich Hendrik nebenan auf, der wieder einmal mit seiner Mutter streitet. Während Hendrik sich freut, seinen besten Freund zu sehen, ist seine Mutter mit ihrer homophoben Lebenseinstellung nicht erfreut über seinen Besuch. Glücklicherweise erlaubt sie dennoch, dass Hendrik mit Wanka und seiner Familie Ostern feiert. Hendrik beichtet seinem besten Freund, dass er sich in dem kleinen Dorf eingeengt fühlt und seine Mutter ihn wegen seiner Zukunftspläne, die er nicht hat, ständig in den Ohren liegt. Er wünscht sich, das Dorf zu verlassen und eine Auszeit von allen, vor allem seiner Mutter, zu nehmen. Er will seinen Horizont erweitern und seine Möglichkeiten ermitteln, im Dorf wird ihm das nicht gelingen. Daraufhin bietet Wanka ihm an, für eine Zeit bei ihm in der Großstadt zu leben und Hendrik nimmt dankend an. Am nächsten Tag redet Hendrik nach der kleinen Ostersuche im Garten mit seiner Mutter, welche ihm jedoch verbietet, zu Wanka zu ziehen und sich nicht umstimmen lässt. Schweren Herzens muss Wanka ohne seinen besten Freund heimkehren.

Wanka: Kapitel 2

Vier Monate später wohnt Hendrik bei Wanka und Weya in der Großstadt. Wie das möglich ist? Nach einem heftigen Streit mit seiner Mutter hatte Hendrik den spontanen Entschluss gefasst, von Zuhause abzuhauen. Leider fand er sich in der Großstadt allein nicht zurecht und er hatte sein Handy nicht dabei, damit seine Mutter ihn nicht orten kann. Als er die Nacht auf einer Bank vor einem Einkaufszentrum verbringen wollte, fand ihn ein gewisser Vincent, der dort arbeitete. Er bot Hendrik an, bei ihm zu nächtigen, zumal ein Gewitter aufkam. Vincent brachte Hendrik am nächsten Tag zu Wankas Arbeitsstelle, da Hendrik zum Glück den Namen kannte. Als Wanka ihn mit in seine Wohnung nahm, wurde seine Mutter darüber in Kenntnis gesetzt und trotz ihrer Empörung machte sie keine Anstalten, Hendrik zurückzuholen. Seitdem sind weitere Monate vergangen. Hendrik ist begeistert von der Stadt. Er und Wanka sind nahezu unzertrennlich und genau darin liegt das Problem. Weya, die von Wankas Gefühlen für Hendrik weiß, legt ihm nahe, Hendrik diese zu gestehen oder aber Abstand zwischen sie beide zu bringen, ehe er sich nicht länger zurückhalten kann. Wanka versichert ihr, seine Gefühle unter Kontrolle zu haben. Allerdings ist das gelogen. Dennoch genießt Wanka ebenso wie Hendrik ihre gemeinsame Zeit. Eines Abends besucht Hendrik Wanka bei der Arbeit. Er amüsiert sich mit den Gästen an der Bar und betrinkt sich versehentlich. Als Wanka ihm nach seiner Schicht nach Hause hilft, will der betrunkene Hendrik noch nicht ins Bett. Stattdessen zerrt er Wanka auf das Sofa, schlingt die Arme um ihn und sagt ihm, wie froh er sei, ihn als Freund zu haben. Wanka wird von dieser Nähe und Hendriks Worten übermannt und kann nicht mehr an sich halten. In der stillen Hoffnung, dass sein bester Freund das Kommende in seiner Trunkenheit wieder vergisst, gesteht er Hendrik, dass er in ihn verliebt ist. Dieser gibt als Reaktion ein heiteres Lachen von sich, da er Wankas Worten keinen Glauben schenkt. Er fordert Wanka heraus, ihn zu küssen, wenn er tatsächlich in ihn verliebt sei. Wanka zögert nicht und presst seine Lippen auf die seines besten Freundes. Er steckt all die unterdrückten Gefühle der letzten Jahre in diesen Kuss und zu seiner Überraschung erwidert Hendrik ihn. Die Situation wird immer intensiver und leidenschaftlicher. Beide lassen sich auf das Sofa fallen, Wanka unten, Hendrik oben. Im Rausch der Gefühle will Wanka seinem Freund das Hemd ausziehen, doch just in diesem Augenblick übergibt dieser sich und schläft kurzerhand direkt auf Wankas Brust ein. Wankas Rausch legt sich und er kommt wieder zur Besinnung, auch wenn er das soeben erlebte nicht verstehen kann. Eines ist jedoch klar, Hendrik muss ins Bett. Mit der Hilfe seiner Mitbewohnerin Weya gelangt er schließlich dorthin.

Am nächsten Tag scheint es so, als hätte Hendrik die vergangene Nacht komplett vergessen. Ursprünglich war dies Wankas Hoffnung, doch kann er nicht anders, als eine gewisse Wehmut darüber zu verspüren. Dennoch glaubt er, dass es besser so ist und versucht sich einzureden, dass er die Sache nun abschließen kann. Dennoch sind die Dinge nicht einfacher zwischen den beiden, im Gegenteil, jetzt verhalten sich plötzlich beide seltsam in der Nähe des anderen. Die Situation wird noch schlimmer, als einige Zeit später Wankas Exfreund Manuel vor dessen Haustür steht.

Wanka: Kapitel 3

Ja, es stimmt, Wanka war einst in einer Beziehung, trotz seiner Gefühle für Hendrik. Vor zwei Jahren konnte Wanka leider nicht zum Osterfest zu seinen Verwandten aufs Land fahren, weshalb er in diesem Jahr auch nicht Hendrik sehen konnte. Zu diesem Zeitpunkt war er natürlich bereits in ihn verliebt, versuchte jedoch nach einem Weg zu suchen, seine Gefühle loszuwerden. Während des Sommers traf er dann während seiner Arbeit an der Bar auf einen jungen Mann namens Manuel. Die beiden waren sich auf Anhieb sympathisch und bald schon waren sie in einer Beziehung. Kurz darauf tauchte jedoch Hendrik unerwartet in der Stadt auf, da er mit seiner Mutter vereinbart hatte, die Sommerferien in der Großstadt zu verbringen. Auf diese Weise wollte Hendrik Wanka in diesem Jahr doch noch persönlich sehen. Wanka war überglücklich, seinen besten Freund doch noch zu Gesicht zu bekommen. Mit ihm in seiner Nähe fiel es Wanka allerdings schwer, sich auf seine Beziehung mit Manuel zu konzentrieren und so vernachlässigte er ihn immer mehr.

Als Hendrik schließlich wieder nach Hause zurückkehrte, wurde Wanka bewusst, dass er seine Gefühle für Hendrik nicht loswerden oder auf jemand anderes übertragen kann. Manuel war nur ein Lückenbüßer für ihn gewesen und er verdiente jemand besseres, der ihn ehrlich lieben konnte. So machte Wanka kurzerhand mit Manuel Schluss.

Zurück in der Gegenwart möchte Manuel von Wanka wissen, weshalb dieser mit ihm damals Schluss gemacht hat, weil er ihm seinerzeit keine Erklärung gegeben und den Kontakt gänzlich abgebrochen hat. Wanka erzählt ihm von seinen Gefühlen gegenüber seines besten Freundes. Manuel fragt, ob Wanka immer noch Gefühle für Hendrik hegt oder sich diese verflüchtigt haben. Wanka weiß es nicht, der Kuss und Hendriks seltsames Verhalten daraufhin haben alles in ihm durcheinander gebracht. Er ist verwirrt, verzweifelt und hat niemanden, an den er sich diesbezüglich wenden kann. Manuel ist da anderer Ansicht. Trotz ihrer Vergangenheit will er für Wanka da sein und wer außer ihm könnte besser nachvollziehen, wie es ist, wenn man jemanden liebt, der im Grunde unerreichbar ist. So bricht eine neue Zeit für Wanka an, die er hauptsächlich mit seinem Exfreund verbringt. Hendriks Nähe scheut er, was diesem natürlich nicht entgeht. Hendrik missfällt es, dass sein bester Freund seine Zeit augenscheinlich lieber mit Manuel verbringt als mit ihm. Man könnte beinahe glauben, er wäre eifersüchtig.

Wanka: Kapitel 4

Das Jahr neigt sich dem Ende zu und ein neues beginnt. In Wanka keimen die alten Gefühle seiner Sommerromanze mit Manuel wieder auf, doch gleichzeitig plagen ihn seine Gefühle für Hendrik. Er fühlt sich zwischen den beiden Männern hin- und hergerissen. Seine Mitbewohnerin Weya beobachtet das Ganze aus der Ferne, bis sie irgendwann genug hat. Eines Abends, nachdem Wanka von einem Treffen mit Manuel nach Hause kommt, packt Weya ihn am Nacken und zerrt ihn zum Sofa, wo sie auf genauso grobe Weise Hendrik hinpflanzt. Sie fordert die zwei auf, endlich miteinander zu reden, bevor es zu spät wird und sie einander verlieren. Dann lässt sie sie allein. Nach einer kurzen Zeit des Schweigens fragt Hendrik Wanka, ob er und Manuel wieder zusammen sind. Wanka ist sich da selbst nicht sicher. Die beiden vertiefen sich in ein ernstes Gespräch, bis Hendrik seinem besten Freund schließlich offenbart, dass er sich sehr wohl an dessen Liebesgeständnis und den Kuss von damals erinnert. Genauso erinnert er sich daran, eben diesen erwidert und sich beinahe auf mehr eingelassen zu haben. Er hatte allerdings so getan, als hätte er all dies aufgrund seiner Trunkenheit vergessen. Den Grund dafür kann er sich selbst nicht erklären. Angst, ihre Freundschaft zu gefährden? Scham, den Kuss eines Mannes erwidert zu haben? Unsicherheit, was seine eigene Sexualität betrifft? Immerhin ist er überzeugt, heterosexuell zu sein. Wanka fragt ihn, ob er sich eine Beziehung mit ihm überhaupt vorstellen könne, aber Hendrik ist sich da selbst nicht sicher. Der Gedanke ist für ihn nicht ekelerregend, aber doch fremdartig. Damit endet das Gespräch.

Als Ostern wieder vor der Tür steht, kehrt Hendrik bereits vorher ins Dorf zurück und muss erst einmal eine Standpauke über sich ergehen lassen. Kurz darauf gesteht Manuel Wanka, dass er wieder mit ihm zusammen sein will. Wanka hat natürlich immer noch Zweifel, doch Manuel möchte nicht ewig auf eine Antwort warten. Er bittet ihn darum, ihm bis spätestens Ostermontag eine Antwort zu geben. Wenn er dies nicht kann, ist es offensichtlich, dass sie keine gemeinsame Zukunft haben. Schließlich geht Wanka Ostergeschenke einkaufen, weiß aber nicht, was für eine Art Geschenk er Hendrik machen will. Eines für seinen besten Freund oder eines für einen potenziellen Liebhaber? Da taucht eine ältere Dame namens Holly Day auf, die in dem Geschäft arbeitet und sie scheint kurioserweise genau zu wissen, in was für einer Situation sich Wanka befindet, ohne dass dieser ihr seine Probleme schildern muss. Sie fragt ihn, ob er denn jemals versucht hätte, das Herz seines Schwarms für sich zu erobern. Wanka verneint dies, da er von vornherein ausgegangen war, dass Hendrik seine Gefühle nicht erwidert und daher nie einen derartigen Versuch gewagt hat. Deshalb rät Holly ihm, all seinen Mut zusammenzunehmen und zu versuchen, Hendriks Herz im Sturm zu erobern und ihn davon zu überzeugen, sein fester Freund zu werden. Wenn das nicht funktionieren würde, scheinen die beiden nicht füreinander bestimmt zu sein, aber wenn Wanka es nicht einmal versucht, wird er es nie herausfinden. Wanka fühlt sich von ihren Worten mit neuem Mut erfüllt und nimmt ihren Rat dankend an. Sie hilft ihm dabei, das passende Geschenk herauszusuchen, eine Kette mit einer kleinen Flasche als Anhänger, in die man eine Notiz oder dergleichen hineinlegen kann.

Wanka: Kapitel 5

Zu Ostersonntag ist Wanka wieder bei seinen Verwandten im Dorf, während Hendrik sich im Hause seiner Mutter aufhält, ohne ein einziges Mal Hallo zu sagen. Auch er schaut nicht bei seinem besten Freund vorbei, zumal dessen Mutter es ohnehin nicht gutheißen würde. Nach der üblichen Ostersuche im Garten versteckt Wanka bei dem kleinen Loch unterhalb des Zauns zwischen den Häusern, wo er und Hendrik sich damals zum ersten Mal begegnet sind, den Flaschenanhänger mit einer Nachricht für Hendrik. Dieser scheint Wanka nichts hinterlassen zu haben, obwohl es Tradition für die zwei ist, jedes Jahr an eben dieser Stelle ein Geschenk zu hinterlassen. Ungeachtet dessen weiht Wanka seine Verwandten in seinen Plan ein, Hendriks Herz zu gewinnen. Eine gewisse Skepsis können sie sich nicht lassen, aber sie sind dennoch bereit, Wanka bei seinem Vorhaben zu unterstützen. Der Rest des Tages wird in die Vorbereitungen für Wankas und Hendriks erstes richtiges Rendezvous investiert. Schließlich folgt Hendrik der Anweisung in der

Notiz und klingelt am Abend beim Haus von Wankas Verwandten. Diese führen ihn nach oben auf dem wunderschön geschmückten Dachboden, wo Wanka bereits auf ihn wartet. Dieser meint, da Hendrik selbst gesagt hat, dass er den Gedanken an einer Beziehung mit ihm nicht abstoßend findet, dass es zumindest eine Chance für sie beide gäbe. Nun will er versuchen, Hendrik zu zeigen, wie es wäre, wenn die beiden tatsächlich eine Beziehung führen würden. Aus diesem Grund hat er ein gemeinsames Rendezvous geplant, bei dem sie so tun, als wären sie zusammen. Hendrik lässt sich darauf ein. Sie verbringen eine schöne Zeit auf dem Dachboden, essen zusammen, tanzen sogar ein wenig, sehen sich die Sterne durch ein Teleskop an und Wanka flirtet auf Teufel komm raus mit Hendrik, was diesen gelegentlich sogar erröten lässt. Es ist einfach zauberhaft. Irgendwann geht Hendrik auf die Toilette. Wanka räumt währenddessen das schmutzige Geschirr zusammen und will es nach unten bringen, als ihm ein Zettel auf dem Boden auffällt. Er stammt von Hendrik. In diesem schreibt er, dass aus ihnen beiden nichts werden könne und Wanka seine Gefühle für ihn ablegen und sich stattdessen mit Manuel treffen solle. Falls sie nach all dem nicht weiter Freunde sein können, so sollten sie sich in Frieden trennen und den Kontakt abbrechen. Das wäre das Beste für alle Beteiligten. Damit ist der Abend für Wanka hinüber und er bittet seine Verwandten darum, Hendrik nach Verlassen des Badezimmers fortzuschicken. Er selbst kann ihm gerade nicht unter die Augen treten. Wanka verkriecht sich in den Garten und weint am Zaun bittere Tränen. In seiner Verzweiflung zückt er sein Handy und will Manuel anrufen, um diesem mitzuteilen, dass er nun doch wieder eine Beziehung mit ihm anfangen will.

Wanka: Kapitel 6

Gerade als sein Finger das entsprechende Feld berühren will, ertönt die Stimme von Hendrik auf der anderen Seite des Zauns. Hendrik ist über Wankas Verhalten irritiert, bis dieser ihm von dem Zettel erzählt. Daraufhin erklärt Hendrik seinem Freund, dass er diesen Zettel damals bei seiner Rückkehr ins Dorf bereits geschrieben hatte. Er wollte ihn an Ostern bei ihrem üblichen Versteck platzieren, um Wanka die Nachricht übermitteln zu können, ohne ihm dabei persönlich entgegentreten zu müssen. Er hielt es für das Beste, diese Angelegenheit rechtzeitig zu beenden, bevor beide noch mehr darunter leiden oder sich mit dem Chaos ihrer Gefühle auseinandersetzen müssen. Als Hendrik jedoch die Notiz von Wanka in der Flasche gefunden hatte, hatte er sich ein Herz gefasst und dem gemeinsamen Abend eine Chance gegeben. Den Zettel hatte er vorerst bei sich behalten und ihn nur versehentlich auf dem Weg zur Toilette fallen lassen. Nach diesem romantischen Osterabend ist Hendrik jedoch vollkommen hin und weg und wünscht sich nichts sehnlicher, als weitere solcher Abende mit Wanka zu verbringen. Er sieht ihn nun in einem vollkommen anderen Licht und fühlt sich zu ihm hingezogen, mehr als zu einem besten Freund, dessen ist er sich nun endgültig bewusst. Wanka ist überrascht, aber dafür umso glücklicher und klettert sofort über den Zaun auf die andere Seite, wo er direkt auf Hendriks Körper landet. Dort fragt er ihn nochmal persönlich, ob er sich sicher sei, ihnen beiden eine Chance zu geben, was Hendrik bejaht. Das macht dieses Osterfest für Wanka zum schönsten aller Zeiten.

Eine weibliche Stimme reißt die beiden Herren aus ihrem Glück. Es ist niemand geringeres als Hendriks Mutter. Diese ist beim Anblick Wankas auf ihrem Sohn entsetzt und fordert ihn auf, ihr Grundstück zu verlassen. Gleichzeitig verbietet sie Hendrik, Wanka jemals wiederzusehen. Hendrik hat genug. Er richtet sich auf, stellt sich erhobenem Hauptes vor seine Mutter und bietet ihr die Stirn. Er lässt sich von ihr nicht vorschreiben, mit wem er sich treffen darf und mit wem nicht. Seine Mutter wird wütend und es bricht wieder einmal ein Streit zwischen ihnen aus, doch anders als sonst gibt Hendrik nicht nach, sondern bleibt standhaft. Sein neuer fester Freund hält dabei ununterbrochen seine Hand. Hendriks Mutter weigert sich, zu akzeptieren, dass ihr Sohn mit einem Mann ausgeht, woraufhin Hendrik droht, den Kontakt zu ihr auf ewig abzubrechen. Seine Mutter gibt sich geschlagen. Sie akzeptiert die Beziehung der beiden zwar nicht, wird in Zukunft jedoch darauf achten, ihre Meinung für sich zu behalten und Wanka freundlicher zu behandeln, so zumindest sind Hendriks Forderungen. Nachdem sie wieder im Haus verschwunden ist, platzen beide Männer beinahe vor Glück. Hendrik, weil er sich endlich gegen seine Mutter behaupten konnte und Wanka, weil Hendrik für sie beide gekämpft hat. Bevor die zwei zurück ins Haus von Wankas Verwandten gehen, hilft Hendrik Wanka noch dabei, das Telefonat mit Manuel hinter sich zu bringen. Glücklicherweise ist sein Exfreund nicht nachtragend und wünscht den beiden alles Gute. Jetzt ist es wirklich das schönste Osterfest aller Zeiten.

Weya: schokobraune Haare mit langem Pony an der Stirn, hellbraune Augen, dunkle Haut

Vincent: schwarzer Undercut, dunkelbraune Augen, dunkle Haut

Weya: Kapitel 7

Weya wurde als Baby ausgesetzt und im Laufe ihres dato noch jungen Lebens von Familie zu Familie gereicht. Sie blieb nie lange bei einer, immer gab es Probleme, entweder mit ihr oder mit ihnen. Durch diesen stetigen Wechsel konnte Weya schwer eine Bindung, geschweige denn Vertrauen aufbauen. Dies führte bei ihr zu einem überaus aggressiven Verhalten. Während ihrer Grundschulzeit hatte sie die anderen Schüler terrorisiert, bedroht, gemobbt und so weiter. Sie war der Schulrowdy und ihre damalige Familie hat dies sogar unterstützt. Die einzige Zeit, in der sie "annehmbar" war, war die Weihnachtszeit, die sie über alles liebte. Als jedoch eines Dezembers in ihrer Klasse gewichtelt wurde, bekam sie von einem ihrer Mitschüler als Geschenk Kohle. Die Person gab sich zu erkennen, ein Mädchen, das von ihren Eltern gelernt hat, das unartige Kinder zu Weihnachten Kohle bekommen und sie war der Ansicht, dass Weya ein solches Kind wäre. In ihrer Wut bewarf Weya die Schülerin mit der Kohle und verletzte sie schwer. Daraufhin wurde sie der

Schule verwiesen, erhielt eine neue Pflegefamilie und psychologische Betreuung. Durch mehrere Sitzungen, eine bessere Pflegefamilie und aggressionshemmende Übungen konnte sie ihr Verhalten ablegen und erkennen, wie falsch es war. Jetzt lebt sie als erwachsene Asexuelle und arbeitet in einem Entspannungs- und Agressionsbewältigungszentrum namens „Calm & Go". Dort gibt sie Yoga Unterricht und betreut Jugendliche sowie Kinder mit Aggressionsproblemen, um mit ihnen Übungen zu machen, die ihnen weiterhelfen sollen. Sie selbst hat ihre Therapie seit ein paar Jahren beendet. Dennoch wird sie immer mal wieder, gerade in der Weihnachtszeit, von Alpträumen oder Angstzuständen verfolgt, die sie an ihr grausames altes Ich erinnern und die grausamen Taten, die sie vollbracht hat.

Eine neue Weihnachtszeit steht vor der Tür und Weya geht mit ihren beiden jüngeren Adoptivzwillingsbrüdern in ein großes Einkaufszentrum, weil man dort auf dem Schoß des Weihnachtsmanns sitzen und ihm seine Wünsche vortragen kann, etwas das Weyas kleine Brüder unbedingt machen wollen. Nachdem der erste Bruder jedoch bereits auf dem Schoß gesessen hatte, spielt er mit einem der großen

Weihnachtsbäume, die in dem kleinen Weihnachtsdorf stehen, und bringt diesen versehentlich zum Umstürzen. Weya, die sich zu diesem Zeitpunkt auf ihren anderen Bruder konzentriert hat, kann nicht rechtzeitig reagieren, dafür kann es ein anderer, nämlich einer der Weihnachtselfen, die in dem Dorf sind. Dieser rettet Weyas Bruder und kann den kleinen schnell beruhigen, indem er ihm und seinen Geschwistern anbietet, auf den künstlichen Rentieren vor dem Schlitten des Weihnachtsmannes reiten zu dürfen. Weyas Brüder nehmen das Angebot mit Freuden an, während Weya der Ansicht ist, dafür zu alt zu sein. Der Elf kann sie jedoch umstimmen und hilft ihr sogar auf den Rücken des Rentieres. Dabei kommen die beiden ins Gespräch. Man müsse meinen, sie würden dabei ihre Namen nennen, aber das einzige Thema, auf das sie sich beziehen, ist ihre Hingabe zur Weihnachtszeit. So kommt es, dass Weya und ihre Brüder aufbrechen und nach Hause zurückkehren müssen, ohne das Weya weiß, wie der Elf, der ihr nicht mehr aus dem Kopf gehen will, eigentlich heißt.

Weya: Kapitel 8

Weya erzählt ihren Mitbewohnern Wanka und Hendrik von den Ereignissen im Einkaufszentrum. Die beiden Herren sind inzwischen seit gut anderthalb Jahren zusammen und Hendrik wohnt seitdem bei seinem festen Freund sowie Weya in der Großstadt. Sie sind überzeugt, dass es zwischen Weya und diesem Elfen gefunkt hat und raten ihr, ihn aufzusuchen und näher kennenzulernen. Sie beide wünschen sich, dass Weya dasselbe Liebesglück erleben kann, wie sie es tun. Allerdings ist Weya asexuell und hat fest vor, nur mit einer ebenfalls asexuellen Person auszugehen. Andernfalls könnte es passieren, dass die Person etwas von Weya will, was sie nicht bieten kann bzw. will. Daraufhin geben die beiden Herren ihr den Rat, in Erfahrung zu bringen, ob dieser Elf ebenfalls asexuell ist. Nur wie soll Weya das anstellen, ohne sonderbar auf den Elfen zu wirken?

Weya ist seit längerem in einer Chatgruppe für Asexuelle, in der sie sich austauschen, einander von spannenden Ereignissen aus dem

Alltag erzählen und so weiter. Noch am selben Abend erzählt einer aus der Gruppe, ein gewisser Vincent, dass bei ihm auf der Arbeit ein Junge beinahe von einem Weihnachtsbaum erschlagen worden wäre und er ihn gerettet hat. Weya hegt den Verdacht, dass es sich bei Vincent um den Weihnachtselfen handelt, dem sie im Einkaufszentrum begegnet ist. Daraufhin geht sie erneut dorthin und versucht den Elfen zu finden, doch nun sind andere seiner Art in dem Dorf. Weya fragt bei den dortigen Elfen herum und erfährt von diesen, dass die Leitung des Einkaufszentrums Mitarbeiter darum gebeten hat, an bestimmten Tagen die Weihnachtselfen in ihrem kleinen Dorf zu spielen. Weya beschreibt den Elfen, den sie sucht und erfährt, dass es einen Mann in einem Kleidergeschäft gibt, auf den diese Beschreibung übereinstimmen könnte. Dieses Geschäft sucht Weya auf und begegnet tatsächlich ihrem Weihnachtself. Auch ohne seine Verkleidung erkennt sie ihn wieder. Sie hat vor ihrem Aufbruch ins Einkaufszentrum darauf geachtet, mehrere Kennzeichen an sich zu tragen, die deutlich machen, dass sie asexuell ist. Diese bestehen aus einem schwarzen Ring am rechten Mittelfinger sowie einem weißen T-Shirt mit der Aufschrift "ACE". Damit will sie überprüfen, ob dieser Elf der

Vincent aus der Chatgruppe ist, indem sie seine Reaktionen auf diese Kennzeichen überprüft. Obwohl der Verkäufer laut seinem Namensschild tatsächlich Vincent heißt, geht er auf ihre Kennzeichen nicht ein. Er verhält sich sogar so, als wäre er Weya noch nie zuvor begegnet. Zwar bietet er ihr seine Hilfe im Laden an, doch scheint er dabei in Gedanken woanders zu sein. Dennoch spürt Weya in seiner Gegenwart eine gewisse Vertrautheit, als würden sie einander bereits kennen. Leider traut sie sich nicht, ihn direkt zu fragen, ob er ebenfalls in der Chatgruppe ist, aus Angst, sich zu täuschen und eine peinliche Situation herbeizuführen. Am Abend schreibt Weya deshalb in die Gruppe, dass sie heute mit einem jungen Mann in einem Kleidergeschäft gesprochen hat, von dem sie ausging, dass er ebenfalls asexuell sei, jedoch auf keines ihrer eindeutigen Kennzeichen eingegangen ist. Daraufhin schreibt der Vincent aus der Gruppe sie privat an und schnell wird klar, dass es tatsächlich der Verkäufer beziehungsweise der Weihnachtself ist.

Weya: Kapitel 9

Seit der Erkenntnis, dass der Vincent aus dem Einkaufszentrum jener aus Weyas Chatgruppe ist, herrscht zwischen den beiden ein reger Austausch. Es stellt sich heraus, dass Vincent Weyas Kennzeichen als Asexuelle nicht realisiert hat, weil er die gesamte Unterhaltung über konzentriert darüber nachgedacht hat, weshalb Weya ihm derart bekannt vorkam. Offenbar ist er überaus schlecht darin, sich Gesichter zu merken. Jetzt können die zwei offen miteinander chatten, was augenscheinlich nicht nur Weya Freude bereitet. Als sie jedoch wieder einmal einen Alptraum bezüglich ihres vergangenen Ichs hat, befürchtet sie, dass Vincent sich von ihr abwenden wird, wenn er erfährt, was für ein Monster sie in ihrer Kindheit war. Diese Befürchtungen tragen zur Folge, dass ihre Alpträume sich häufen und Weya beschließt, vorerst zwischen sich und Vincent für Funkstille zu sorgen. Wann immer er ein Gespräch zwischen ihnen beginnen will, sucht Weya nach Ausreden, um diesem auszuweichen. Teilweise antwortet sie ihm sogar gar nicht. Sie fühlt sich schlecht dabei, ihm aus dem Weg zu gehen, so kurz nach ihrem Kennenlernen, kann jedoch nichts an ihren Ängsten ändern.

Eines Abends muss Weya bei ihrer Adoptivfamilie schlafen, weil ihr Mitbewohner Wanka die Wohnung für sich und Hendrik braucht. Es ist eine besondere Nacht für ihre Beziehung. Kurz bevor Weya sich bettfertig machen will, ruft Vincent sie plötzlich an und will wissen, warum sie sich so lange nicht bei ihm gemeldet hat. Weya ist sich unsicher, ob sie ihm die Wahrheit sagen kann, aber die Einsicht, dass Vincent eine angemessene Erklärung verdient hat, bringt sie dazu, sich ihm zumindest bis zu einem gewissen Grad hin anzuvertrauen. So erklärt sie ihm, dass sie in der Vergangenheit schreckliche Dinge getan hat, auf die sie nicht stolz ist und sie Angst hat, dass Vincent sie deshalb nicht mehr leiden könne. Vincent ist der Ansicht, dass Weya viel zu sehr an der Vergangenheit hängt und sich nicht ausreichend auf die Gegenwart konzentriert. Daraufhin fragt er sie aus heiterem Himmel, ob sie Schlittschuhlaufen kann, was sie bejaht. Anschließend lädt er sie ein, mitten in der Nacht mit ihm Schlittschuhlaufen zu gehen, da seinem Onkel eine Eisbahn gehört und er Zugriff zu den Schlüsseln hat. Ohne lange darüber nachzudenken, stimmt Weya zu. Sie kann zwar nicht mit Vincents meisterhaften Eiskunstlauffähigkeiten mithalten, ist jedoch nicht minder begeistert von dem Ganzen und genießt es in vollen Zügen. Ihre Alpträume vergisst sie dabei völlig. Vincent meint, dass sie mehr solcher unvergesslichen Momente in der Gegenwart braucht, um die Vergangenheit besser zu vergessen. Er meint auch, dass er selbst Schwierigkeiten hatte, die Vergangenheit zu vergessen, weil er früher ebenfalls ein vollkommen anderer Mensch war, geht aber nicht näher darauf ein. Stattdessen genießen die zwei noch die letzten Stunden, ehe sie sich am Eingang der Eisbahn voneinander verabschieden wollen. Da entdeckt Vincent wie zufällig einen Mistelzweig über ihnen. Weya ahnt, was Vincent vorhat, lässt sich jedoch nicht so leicht um den Finger wickeln. Als er sie jedoch zu ihrem Wagen bringt, gibt sie ihm zum Abschied einen schnellen Kuss auf die Wange, ehe sie ins Auto steigt und mit einem breiten Lächeln im Gesicht wegfährt.

Weya: Kapitel 10

Einige Zeit später begleitet Weya ihre beiden Brüder auf einen Weihnachtsmarkt. Während sie die Festlichkeiten und Essensstände genießen, entdeckt Weya inmitten der Leute Vincent, und zwar in Begleitung. Dabei handelt es sich tatsächlich um Weyas Mitbewohner Hendrik und Wanka. Es stellt sich heraus, das Weyas Vincent ebenjener Vincent ist, der Hendrik damals bei seiner Ankunft in der Großstadt geholfen hatte. Hendrik wusste das bis vor kurzem selbst nicht, aber kaum hatte er dies erfahren, hatte er Wanka davon erzählt und die beiden hatten absichtlich Vincent vorgeschlagen, auf den Weihnachtsmarkt zu gehen, weil sie wussten, dass Weya ebenfalls dort sein würde. Die beiden sind der Ansicht, dass Weya und Vincent mehr Zeit in der Realität verbringen sollten, statt sich ständig nur Nachrichten zu schreiben. Sie wissen nichts von ihrem nächtlichen Treffen in der Eisbahn. So amüsieren sie sich nun alle zusammen auf dem Weihnachtsmarkt. Als Weya ihre Brüder nach Hause bringen will, bittet Vincent sie um ein Gespräch unter vier Augen. Daraufhin ruft sie ihre Mutter an, damit sie die Jungs abholen kann. Sobald diese erschienen ist, wartet Weya am vereinbarten Treffpunkt auf Vincent, als plötzlich ein älterer, offensichtlich betrunkener Mann auftaucht und sie belästigt. Sie versucht, ihn von sich zu stoßen, aber der Mann lässt sich nicht abwimmeln und wird allmählich handgreiflich. Da erscheint endlich Vincent und geht sofort dazwischen. Der Mann greift Vincent daraufhin an und zückt sogar ein Messer. Mit Weya gehen auf einmal die Pferde durch und sie wird unsagbar aggressiv. Sie stürzt sich auf den Mann, prügelt gnadenlos auf ihn ein und nimmt ihm sogar sein Messer weg, um ihn anschließend damit zu verletzen. Sofort herrscht großer Aufruhr auf dem Platz und Weya muss von ihren Mitbewohnern weggezogen werden. Sowohl die Polizei als auch ein Krankenwagen tauchen auf. Als Vincent den Zorn und die Aggressivität in Weyas Augen funkeln sieht, eilt er davon. Auch Weya ist entsetzt, weil ihr altes, brutales Ich zum Vorschein gekommen ist und befürchtet, Vincent damit vergrault zu haben. Auf der Polizeiwache versuchen Wanka und Hendrik als Zeugen zu beteuern, dass Weya aus Selbstverteidigung gehandelt hat. Nach einigen Diskussionen und den Blutwerten des Mannes, in denen viel Alkohol liegt, wird Weya erlaubt, zu gehen.

Weya versucht mit Vincent in Kontakt zu treten, aber dieses Mal ist er derjenige, der für Funkstille sorgt. Daraufhin bittet sie Hendrik darum, Vincent zu ihr ins Entspannungszentrum zu bringen, damit sie dort mit ihm reden kann. Da die beiden inzwischen enge Freunde sind, geht ihr Plan auf, wobei Vincent nicht sehr froh ist, als ihm klar wird, dass Hendrik ihn ausgetrickst hat. Aber er kann Weya nicht mehr aus dem Weg gehen und so bleibt ihm nichts anderes übrig, als sich darauf einzulassen. Vincent möchte von Weya wissen, wie ihr Nachname lautet, was sie ihm auch sagt, jedoch hinzufügt, dass sie in mehreren Pflegefamilien gelebt hat und demnach andere Nachnamen bekam. Daraufhin will Vincent wissen, welche Nachnamen sie während Ihrer Grundschulzeit hatte, was sie ihm ebenfalls sagt. Da kommt es zu einer schockierenden Enthüllung.

Weya: Kapitel 11

Jene Mitschülerin, die Weya damals in der Grundschule mit der Kohle beworfen und zuvor mehrmals schikaniert hatte, war Vincent. Vincent ist nämlich Transgender. Als er den Zorn und die Aggressivität in Weyas Augen gesehen hatte, als sie während des Weihnachtsmarktes auf den Mann losgegangen war, hatte er sich daran erinnert, eben dieses Funkeln in den Augen seiner Mobberin aus Kinderzeiten gesehen zu haben. Bis zu diesem Zeitpunkt hat Vincent gedacht, es sei Zufall, dass das Mädchen, in das er sich verliebt hat, dieselbe Hautfarbe und denselben Vornamen besitzt, wie seine ehemalige Mobberin. Vincent erzählt Weya, wie er wegen ihres Angriffs im Krankenhaus gelandet ist und Weihnachten ganz allein dort verbracht hat. Seine Eltern hatten sich nach dem Vorfall heftig gestritten und gaben einander die Schuld dafür, dass ihr Kind seiner Mitschülerin Kohle als Wichtelgeschenk gegeben hatte und schließlich ließen sie sich scheiden. Seine Mutter zog daraufhin weit weg und sein Vater heiratete eine andere Frau, aber diese hatte ein Problem mit Vincent, weil er Transgender ist. Deshalb verbringt er Weihnachten jetzt immer allein und all dieses Unglück ist, so zumindest seine Meinung, Weyas Schuld. Diese wusste nichts von Vincents Problemen, noch von seiner Transidentität. Derart persönliches hatten sie nie besprochen. Dennoch versucht sie ihm weiszumachen, dass sie nicht mehr dieselbe ist und sich geändert hat, aber Vincent will ihr nicht glauben. Selbst wenn es so wäre, kann er ihr ihre grausamen Taten in der Vergangenheit nicht verzeihen. Schließlich geht er und sagt zum Schluss noch, dass Weya sich in Zukunft von ihm fernhalten solle. Schweren Herzens folgt sie seiner Bitte. Sie versucht sich von ihrem Liebesdrama abzulenken, indem sie sich auf die Vorbereitungen für das Weihnachtsfest mit ihrer Adoptivfamilie konzentriert. Dabei fällt ihr erst auf, dass sie seit einer ganzen Weile keine Albträume oder Angstzustände mehr wegen ihres vergangenen Ichs hat, was in den Jahren zuvor gerade kurz vor Weihnachten eigentlich immer der Fall war.

Schließlich ist Weihnachten gekommen. Weya ist bei ihrer Familie und versucht nicht an Vincent zu denken. Wanka und Hendrik feiern bei Wankas Eltern, die drei hatten bereits einander beschenkt. Da klingelt es an der Tür und eine ältere Dame namens Holly steht da und stellt sich als die neue Nachbarin vor, die ihnen eine Büchse selbstgebackener Kekse vorbeibringen wollte. Nachdem sie Weya die Kekse gegeben hat, erzählt sie ganz beiläufig, dass es gestern Abend im Einkaufszentrum einen Amoklauf gegeben hat. Der Täter hatte mit einer Waffe um sich geschossen und dabei einen dunkelhäutigen Verkäufer eines Kleidergeschäftes verwundet, woraufhin dieser ins Krankenhaus gebracht wurde. Weya befürchtet, dass es sich dabei um Vincent handelt, weiß aber nicht, was sie jetzt machen soll. Die nette Holly erkennt ihren Zwiespalt und fragt sie, ob sie diesen Mann kenne, was Weya bejaht und fragt sie anschließend, wie wichtig er ihr sei. Weya meint, dass er ihr sehr wichtig sei, sie aber nicht mehr sehen wolle, weil sie ein grausamer Mensch ist. Holly glaubt, dass sie zu hart mit sich selbst ist und sie den Mann bestimmt vom Gegenteil überzeugen könne, wenn sie ihn im Krankenhaus besuchen würde. Zufälligerweise weiß Holly in welchem Krankenhaus Vincent sich befindet. Was soll sie tun? Soll sie ihre Familie sitzen lassen und Vincent aufsuchen oder ihm seinen gewollten Freiraum ermöglichen?

Weya: Kapitel 12

Im Krankenhaus angekommen, fragt Weya an der Rezeption nach Vincent, doch man lässt sie nicht zu ihm, weil sie keine Verwandte ist. Da ruft Weya Wanka an, weiht ihn in knappen Worten in die Situation ein und bittet ihn um Hilfe. Wanka erwidert, dass er und Hendrik sich darum kümmern werden. Einige Zeit später ertönt von draußen ein Hilfeschrei, der unverkennbar von Hendrik stammt. Sofort stürmen die Sanitäter zu ihr und niemand achtet auf Weya. Es stellt sich heraus, dass Wanka von seiner Mutter, die Maskenbildnerin ist, eine falsche Wunde am Kopf bekommen hat, sodass man glaubt, er sei schwer verletzt, um die Aufmerksamkeit aller auf sich zu ziehen. Weya verliert keine Zeit und macht sich auf die Suche nach Vincent. Als sie dessen Zimmer ausfindig gemacht hat, ist er überrascht. Nicht nur, weil Weya wusste, was ihm widerfahren ist und wo er sich aufhält, ohne dass er ihr davon erzählt hat, sondern auch, weil sie ihn ausgerechnet an Weihnachten aufsucht. Schließlich weiß er, wie wichtig ihr dieser Feiertag ist. Weya weicht seinen Fragen darüber, wie sie ihn finden konnte, konsequent aus und erkundigt sich stattdessen nach seinem Befinden. Glücklicherweise sind die Verletzungen nicht lebensbedrohend, dennoch muss er vorerst im Krankenhaus bleiben. Seine Eltern haben sich bislang nicht gemeldet, obwohl sie über seinen Unfall informiert wurden. Nach einer kurzen Zeit des Schweigens holt Weya tief Luft und versucht erneut, ihm klarzumachen, dass ihr ihre Taten in der Vergangenheit leidtun und sie sich geändert hat. Vincent fällt es allerdings immer noch schwer, ihr zu glauben. Was sie auch tut, sie kann ihn nicht überzeugen und schließlich bittet Vincent sie darum, ihn allein zu lassen. Bevor sie jedoch geht, überreicht sie ihm ein Weihnachtsgeschenk. Es handelt sich dabei um selbstgestrickte Handschuhe, die Weya bereits vor dem Vorfall am Weihnachtsmarkt in einem der Kurse ihrer Arbeitsstelle mit den Kindern und Jugendlichen angefertigt hat. Derartige Arbeiten sollen ihnen bei ihren Aggressionsproblemen helfen. Nachdem Weya Vincent das Geschenk gegeben hat, verlässt sie das Krankenzimmer, macht dann allerdings kehrt und landet wieder bei Vincent. Jetzt sagt sie ihm ordentlich ihre Meinung. Sie erklärt ihm, dass ihre Taten in der Vergangenheit auch für sie nicht ohne bleibende Schäden waren und sie sich danach teilweise sogar selbst als Bestrafung verletzt hat. Er hingegen hatte ihr geraten, die Vergangenheit ruhen zu lassen und sich auf die Gegenwart zu konzentrieren, aber nun handelt er entgegen seines eigenen Rates. Weya erklärt außerdem, dass sie Vincent nicht einfach so gehen lassen wird, denn seitdem er in ihr Leben getreten ist, leidet sie weniger unter Alpträumen und Angstzuständen. Nur dank ihm kann sie ihr vergangenes Ich weitestgehend vergessen und nach vorne schauen. Nun bittet sie ihn darum, dasselbe zu tun, denn sie hat sich wirklich seit damals geändert. Vincent erwidert, dass ihm Weya ebenfalls wichtig sei, er aber weiterhin Angst davor habe, dass ihr altes Ich wieder zum Vorschein kommen könnte. Weya verspricht ihm, ihr Bestes zu geben, fügt jedoch hinzu, dass jede Beziehung ihre Risiken mit sich bringt und man gegebenenfalls bereit sein muss, diese einzugehen. Also will Vincent ihnen beiden doch eine Chance geben, aber sie gehen es langsam an. Zunächst einmal genießen sie das gemeinsame Weihnachtsfest im Krankenhaus.

Epilog

Ein Jahr später

Wanka, Hendrik, Weya sowie Vincent wohnen inzwischen alle vier zusammen und sind unzertrennlich. Wanka hat sein Studium abgebrochen, weil ihm die Arbeit als Barkeeper weitaus mehr Freude bereitet, weshalb er beschlossen hat, als festangestellter Barkeeper zu arbeiten und nicht länger nebenberuflich. Hendrik hat immer noch Probleme mit seiner Mutter, aber inzwischen mischt sie sich weniger in das Leben ihres Sohnes ein. Sie behält ihre Meinung bezüglich seiner Beziehung weiterhin für sich und gibt sich Mühe, Wanka gegenüber zumindest mit Respekt entgegenzutreten, so wie sie es ihrem Sohn versprochen hat. Hendrik hat beschlossen, Schauspieler zu werden, da ihm seine Vorstellung vor dem Krankenhaus, wo er und Wanka so getan haben, als sei Wanka verletzt, große Freude bereitet hat. Bis er jedoch damit richtig Geld verdienen kann, arbeitet er nebenbei in Vincents Laden. Dieser hat Kontakt mit seinem Vater aufgenommen und sich mit ihm ausgesprochen. Er hat seine Frau verlassen, nachdem beide sich immer wieder gestritten und sie ihn letztlich sogar betrogen hat. Da sie nun nicht mehr in der Nähe ist, kann Vincent mehr Zeit mit seinem Vater verbringen, dem sein Verhalten in der Vergangenheit leidtut. Weya hat in ihrem Entspannungs- und Aggressionsbewältigungszentrum eine neue Zweigstelle gegründet, die speziell Kindern und Jugendlichen aus der LGBTQIA+ Community helfen soll. Weya übernimmt die Leitung.

Silvester. Er ist zwar weder Wankas noch Weyas liebster Feiertag, aber das heißt nicht, dass sie beide ihn nicht genießen können. Erst recht, wenn sie ihre Liebsten bei sich haben. Die vier wollten den Abend eigentlich in ihrer Wohnung mit Spielen, Filmen und Knabberzeug verbringen, doch da klopft es an der Tür und eine Briefträgerin steht da. Ihr älteres Erscheinungsbild kommt Wanka und Weya sonderbar vertraut vor. Ehe die zwei sie jedoch genauer unter die Lupe nehmen können, überreicht sie ihnen einen Brief, bei dem es sich um ein Preisausschreiben handelt, welches besagt, dass die vier einen kostenlosen Abend im Aussichtsturm der Stadt gewonnen haben, Essen inklusive. Keiner von ihnen kann sich daran erinnern, an etwas Derartigem teilgenommen zu haben. Da das Schriftstück allerdings echt zu sein scheint, lassen sie sich darauf ein und fahren zu besagtem Aussichtsturm. Dort lassen sie es sich bei feinem Essen, entspannender Musik von einer Live Band sowie der beeindruckenden Aussicht auf die Stadt gut gehen. Dann ist es so weit und der Countdown läuft. Die Sekunden verstreichen und ihn diesem kurzen Augenblick lassen Wanka, Weya, Hendrik und Vincent noch einmal das Jahr Revue passieren und was sie in diesem alles erreicht haben. Schließlich ist Mitternacht und die ersten Feuerwerkskörper werden gezündet. Natürlich können die vier diese ebenfalls gut von dem Turm aus sehen. Es war fürwahr kein einfacher Weg bis hierher. Homophobe Mütter, Expartner, Infragestellung der eigenen Sexualität, Alpträume, Traumata aus der Vergangenheit, Aggressionsprobleme oder Amokläufe. Sie haben es überstanden. Denn die Liebe siegt immer über Hass und Gewalt und falls es doch einmal schwierig werden sollte, muss man nur an die Magie der Feiertage glauben. Oder man hofft auf die Hilfe einer wundersamen älteren Dame.

ENDE

LEONA LEON

Leona Leon wurde 2001 in Berlin Deutschland geboren. Bereits in jungen Jahren fand sie große Freude im Erstellen eigener Geschichten. Im Laufe ihres Lebens begann sie damit, eben diese Geschichten aufzuschreiben, in der Hoffnung, mit einer davon den Durchbruch als Schriftstellerin zu erreichen

Loved this book?
Why not write your own at story.one?

Let's go!